AF306820

Zum Gedenken an all das gewaltsam
vernichtete Leben und der verlorenen Seelen
in unserem Universum.

WARPLANETS
KRIEGSPLANETEN

AUTOR:
SÜLEYMAN ÇİLOĞLU

SCIENCE FICTION ROMAN

Bibliografische Information der Deutschen Nationalbibliothek:
Die Deutsche Nationalbibliothek verzeichnet diese Publikation in der Deutschen Nationalbibliografie; detaillierte bibliografische Daten sind im Internet über http://dnb.dnb.de abrufbar.

© 2023 Auflage 02, Süleyman Çiloğlu
Herstellung und Verlag: BoD – Books on Demand, Norderstedt.

ISBN: 9783754339305

Coverbild-Ausschnitt,
Quelle: Gratis-Download

Inhaltsverzeichnis

ZITATE:

1* Schicksal, Zufall, Realität, Vergangenheit und Zukunft sind Begriffe die wir Menschen gerne benutzen, uns jedoch nie bewusst waren das es so etwas auf der Erde für die Menschheit niemals existiert hat.*

2* Ein einfacher Gedankenfunke kann die schöpferischste aber auch die zerstörerischste Kraft im Universum sein. Er kann Planeten, Sonnensysteme, sogar das ganze Universum selbst vernichten.*

3* Der Tod ist sehr oft das bessere Leben.*

4* Das einzig uns bekannte was Zeitreisen durchführen kann sind die Gedanken, sie können ständig in die Vergangenheit und in die Zukunft, die wir uns vorstellen können, hin und her wandern.*

5* Aus Wissen entsteht Phantasie und aus Phantasie Wissen. Beide gehen Hand in Hand, sind unzertrennlich und unerschöpflich.*

6* Wer die Gegenwart zerstört, zerstört auch
die Vergangenheit und die Zukunft.*

7* Die einzig wahre Konstante im Universum
ist die Hoffnung.*

8* Jeder Mensch, der anderen Menschen
wissentlich Leid zufügt,
und sich auf Kosten anderer Menschen
bereichert, verschenkt im gleichen Maße
seine Seele dem Teufel, damit das
Gleichgewicht wieder hergestellt ist.
Jedoch nur solange bis von ihm nur noch eine
leere Hülle vorhanden ist, die schließlich in
sich zusammenfällt.*

9* Seitdem der Mensch vor über 3 Millionen
Jahren seinen Verstand erhalten hat,
und begonnen hat seine Mitmenschen zu
ermorden und ihnen Leid zuzufügen,
um sich zu bereichern, genauso oft,
mit jedem Mord und Verbrechen, wurde auch
die Geschichte der Menschheit und der Erde
verändert, und genauso viele Zeitstränge
existieren bereits parallel zu unserem
heutigen, und es kommen täglich Millionen
neue Zeitlinien hinzu.*

10* Ein Mensch ist erst dann Weise, wenn er andere Menschen dazu bringt auch Weise zu sein.*

11* Was bedeutet Menschlichkeit und Güte? Sich so zu verhalten wie ein Mensch, oder sich nicht so zu verhalten wie ein Mensch ?*

12* Die Anti-Spezies Mensch ist der schlimmste aller Parasiten. Er zerstört nicht nur seinen Wirt, die Erde, sondern auch alle seine Artgenossen und Mitbewohner.*

13* Wer exakt Richtlinien und Befehle befolgt, zu demjenigen kann durchaus irgendwann der Teufel aus der Hölle erscheinen.
Wer Richtlinien und Befehle nicht immer befolgt holt selbst womöglich irgendwann den Teufel aus der Hölle.*

14* Schlechte Therapeuten sehen nur das äußere Leid. Gute, hingegen, blicken auch tief in das Seelenpein und den Charakter eines Menschen und lassen sich von anderen nicht beeinflussen.*

15* Neben unseren Genen und unserem Charakter sind es die Augen, die zum großen Teil bestimmen ob aus uns ein guter oder ein böser Mensch wird.*

16* Träume vermitteln uns das reale Leben unseres anderen Ichs auf Parallel-Welten und Dimensionen in unterschiedlichen Parallel-Universen.*

17* Wenn ein geliebter Mensch stirbt, tut sich innerlich eine Leere unermesslichen Ausmaßes auf, und ein unendlich tiefer Abgrund öffnet sich, der sich niemals verschließt, und einem manchmal verschlingt.*

18* Das Glück ist sehr unglücklich, jedoch das Unglück hingegen, ist sehr sehr glücklich verteilt auf dieser Welt.*

19* hinter der Zeit her zu rennen, mit der Zeit zu gehen und der Zeit vorauseilen, ist alles dasselbe.*

20* Der grausamste aller Tode im Universum
ist das hinterher jagen einer Hoffnung die sich
niemals erfüllen wird.*

21* Die Wahrheit und die Gerechtigkeit gab es
schon ewig, und wird es auch ewig geben.
Die Un-Wahrheit und die Un-Gerechtigkeit,
allerdings, ist allein die Erfindung der Spezies
Mensch und wird es solange geben, solange
die Un-Spezies Mensch existiert.*

22* Alle Sterne im Universum kommunizieren
wie Lebewesen miteinander, durch
Gravitations- und elektromagnetische Wellen.
Wer die Sprache der Sterne entschlüsselt,
der entschlüsselt auch die Sprache und das
Geheimnis des Kosmos und des Lebens.*

23* Der Sinn des Lebens bedeutet, zehn Mal
für andere zu leben, anstatt einmal für sich
selbst.*

24* Trostlosigkeit und Hoffnungslosigkeit, gibt
es nur in der Welt der Menschen, sonst
kommt es nirgends in der Natur vor, auch
nirgends im Universum.*

25* Die Ausdehnung unseres Universums
verhält sich zum Ausmaß des größten Sternes
im Kosmos, genauso, wie die Größe dieses
Sterns zu einem Atom.*

26* Die Sterne senden, aus Ihren Herzen
heraus, unentwegt Weisheit, Demut,
Zufriedenheit, Geduld, Güte und Gerechtigkeit
ins All hinein, und auch zu uns, aber wir
Menschen erkennen dies nicht und können es
nicht verinnerlichen.*

27* Die Ideale, die wir in unseren Phantasien
erschaffen, sind in unserer Realität
unerreichbar.*

28* Die Welt, wie wir sie kennen, ist bereits
die wahrhaftige Hölle. Wir alle werden in sie
hineingeboren. Und das was wir aus unserem
Leben machen, zeigt, ob wir weiterhin in der
Hölle bleiben oder uns in Richtung Paradies
bewegen.*

29* Gott hat das Schicksal erschaffen,
und die Menschen erschufen die Hoffnung.*

30* Ein Vogel weiß nichts über Atome,
der Lichtgeschwindigkeit und das Universum.
Genauso gibt es bei uns Menschen eine
Barriere über die wir nicht hinausdenken
können, auch wenn wir all unser Wissen,
Forschung und Phantasie einsetzen,
werden wir es dennoch nicht begreifen.*

31* Das Leben besteht nicht nur aus Atmen,
Trinken, Essen und Denken. Es besteht auch
daraus, sich ständig für andere zu opfern.*

32* Das heiligste, was es im Universum gibt,
ist die Zeit. Ohne sie gäbe es kein Leben und
keine Gebete. Aber sie ist gleichermaßen das
verfluchteste, denn sie bringt auch den Tod
und die Verzweiflung.*

33* In jedem Menschen steckt schon bei der
Geburt ein Dämon. Nur wenige haben ihn
einigermaßen im Griff, die meisten nicht.*

34* So wie ein Schmetterlings-Flügelschlag in
Australien, das Wetter in Amerika beeinflusst,
so beeinflussen auch unsere Gedanken auf
der Erde die Ereignisse im Universum, die wir
nicht kontrollieren können.
Wie unsichtbare Kugelwolken durchfluten sie
ständig, mit Überlicht-Geschwindigkeit, den
gesamten Kosmos.*

35* Die Erde, und die Lebewesen auf ihr sind
ein Experiment von mächtigen, unsterblichen
Wesen, die uns aus weiter Ferne beobachten.
Sie testen ob sie mit uns, bei Erfolg, den
gesamten Kosmos bevölkern können.
100 Jahre bei uns, sind für diese Wesen wie
eine Sekunde.
Unser Leben ist für sie wie ein aufleuchtendes
Licht, bei der Geburt, das gleich wieder
erlischt, beim Tod. Wenn wir weiterhin uns
gegenseitig weh tun, uns bekriegen und
unseren Planeten zerstören, wird das
Experiment eines Tages für gescheitert
erklärt, und alles vernichtet. *

36* Ehre entspringt unserer Seele, Verstand
aus dem reinen Geist *

37* Die Dreidimensionale Vergangenheit
schiebt die Zweidimensionale Gegenwart
ständig vor sich her und baut sich immer
weiter auf. Eine Zukunft gibt es nicht,
und hat es nie gegeben. *

38* Hinter der Zeit verbirgt sich eine dunkle
Kraft, die noch nicht ergründet ist.
Sie beeinflusst, die Materie, das Leben, das
ganze Universum, gar die gesamte Existenz.*

39* Außerirdische NANO-Parasiten, die sich
als Luftmoleküle tarnen, haben bereits seit
Millionen von Jahren Fauna und Flora, sowie
die gesamte Menschheit, in ihrer Gewalt. *

40* Gerechtigkeit ist nur so viel wert, wie die
Person die es ausspricht. *

41* Das Herz, die Seele und die Gedanken
senden unentwegt Signale ins All.
Sind alle 3 Signale guten Glaubens, werden
sie erhört, sind sie jedoch bösen Glaubens,
gehen sie in der Unendlichkeit verloren. *

42* Universen existieren stets als Zwillinge.
Neben unserem Universum befindet sich ein
Zwillings-Universum, das Zwillingsversum.
Zwischen ihnen findet ein reger
Materieaustausch statt.
Die Verbindungselemente sind die, in sich
geschlossenen, Kosmischen Bänder,
die sogenannten Kosmischen Ringe.
Ihre Form ähnelt etwas die eines Megaphons.
Diese sind weitaus mächtigere Objekte als die
"Schwarzen Löcher".
Es sind gigantische Kosmische Trichter,
die die Materie außen ringförmig "ansaugen"
und durch ein Strudelsystem ins Zwllings-All
befördern und umgekehrt.
Die dunkle Mitte ist kein Loch, sondern fast
unendlich hoch verdichtete Gase und Nebel,
welches jegliches Licht verschluckt.
Ohne diesen Materie- und Energieaustausch
zwischen unserem Schwester-Universum
könnte keine der beiden existieren. *

43* So etwas wie eine "Dunkle Materie" gibt
es nicht, jedoch existiert die "Inverth Materie",
auch "Inverth Element" genannt,
nicht zu verwechseln mit der Antimaterie.
Diese beeinflusst jegliche Bewegung,
Gravitation, Antigravitation sowie alles Leben
und Materie im gesamten Universum.
Die "Inverth Moleküle", bestehend aus, zeitlich
versetzten, rekuperativen Serva-Quanten,
durchfluten das ganze Weltall und sind in uns
und um uns herum allgegenwärtig.
Die Serva-Quanten beschützen und halten
alles Materie, Leben und das ganze
Universum im Gleichgewicht.
Die "Inverth Energie" lässt das Universum
weiter ausdehnen.
Doch mit der heutigen Technologie sind sie
nicht erfassbar. *

44* Wir alle wissen, dass unser Universum
durch einen gigantischen Urknall entstanden
ist. Was wir jedoch lange Zeit nicht wussten
ist, das es 2 Detonationen gab.
Der erste Knall brachte alles Materie auf den
Weg, und erzeugte RAUM und ZEIT.
Kurz danach begann die zweite, weitaus
gewaltigere Explosion. Mit ihr wurde die
gesamte Energie und Strahlung verteilt.

Sie war das Vielfache der ersten und der
eigentliche Urknall, der "Motor der Existenz".
Diese schob die erste Druckwelle vor sich her.
Doch, durch die enorme Wucht, wurde ein Teil
an der ersten Druckwellenfront wieder zurück
reflektiert, ins Zentrum, und sog dabei etwas
Materie mit sich.
Hätte es die zweite Explosion nicht gegeben,
hätte sich unser Universum nicht auf die
heutige unvorstellbare große Dimension
ausdehnen können, und alles Materie,
aus denen unzählige Galaxien entstanden,
wäre auch nicht so weit verstreut wie heute.
Der zweite Knall bewirkte das sich der
Kosmos weiterhin ausdehnt.
Durch die zurückreflektierte Materie
entstanden im großen Umfeld, um das
Zentrum des Weltalls herum, ebenfalls Sterne,
Galaxien, Planeten und Leben bildete sich.
Das alles lässt vermuten, das sich hinter den
zwei Ur-Explosionen eine Intelligenz verbirgt.*

45* Unser Universum "atmet" wie ein Lebewesen. Es dehnt sich nicht kontinuierlich, sondern in Schüben aus. Nach einer Dehnphase kontrahiert es, wobei die Dehnungen weitaus stärker sind als die Kontraktionen.*

VORGESCHICHTE:

In einer weit entfernten Galaxie, nahe dem
Zentrum des Universums, begannen
urplötzlich die Sterne zu erlöschen.

Einer nach dem anderen fing an seine
nukleare Fusionskraft zu verlieren und zu
schrumpfen.

Und innerhalb einigen Jahrzehnten, bei
einigen Sternen sogar innerhalb weniger
Jahre, verwandelte sich dieser zu einem
kleinen toten Gesteinsbrocken.

Dies war sehr ungewöhnlich, den Sterne
ändern ihre Gestalt nicht, indem sie zu Felsen
erstarren, und auch nicht in dieser kurzen
Zeit.

Die Bewohner dieser Galaxie, nannten dies
"Die Sternenkrankheit".

Sie wussten nicht was die Ursache war,
und einen Stern konnte man nicht so einfach
mit einem Stethoskop untersuchen.

Eine Epidemie verbreitete sich über die Hälfte
dieser Galaxie.

Immer mehr Sterne waren betroffen.

Für die bewohnten Welten mit Zivilisationen
war das Verheerend und eine Katastrophe.

Viele gingen Zugrunde.
Doch einige schaften es sich zu retten.

Sie bauten gigantische Antriebe an ihren
Planeten, sowie riesige unterirdische Habitate,
mit Sauerstoffanlagen und Bereiche für den
Nahrungsmittel-Anbau.

Die Energie gewannen sie vom Planetenkern.

Sämtliche Atombomben und Nuklearmaterial
wurden umgebaut zu Kernfusions-Strahlern,
die als Antrieb für den Planeten dienten.

Dann verließen sie ihr System auf der Suche
nach intakten "gesunden" Sternen.

Ein Krieg der Planeten begann um Sterne,
die verschont waren von dieser "Krankheit".

Deren habitable Umlaufbahnen waren sehr begehrt.

Viele einigten sich, und nutzten gemeinsam eine habitable Zone.

So kam es, das bis zu drei Planeten sich eine Umlaufbahn teilten.

Es gab auch andere, die nicht so Nachgiebig waren, wenn fremde Welten sich näherten.

Sie vertrieben die Eindringlinge, oder wurden selbst vertrieben.

Kämpfe, in denen sich die Welten gegenseitig zerstörten, gab es auch.

Mit der Zeit wurden die Planeten-Antriebe verstärkt, und die Oberfläche auch mit gewaltigen Geschützen versehen.

Die meisten konnten sogar mit Licht-, einige auch mit Überlicht-Geschwindigkeit fliegen, und hatten um ihre Welt herum einen Schutzschild.

Es gab auch viele Piraten-Planeten,
die anderen auflauerten, sie enterten
und ihre Rohstoffe stahlen.

Die Planeten wurden regelrecht zu Kampf-
Raumschiffen umgebaut.

HAUPTGESCHICHTE:

Der Planet Thav´vhaan war unterwegs zu einem abgelegenen Stern, dessen habitable Umlaufbahn noch nicht besetzt war.

Die Bewohner nannten sich Bhoort´tha.

In diesem System wollten sie neu beginnen, und eine neue Heimat aufbauen.

Kurz vor dem Ziel, gingen sie unter Lichtgeschwindigkeit, und wurden gleich von drei Piraten-Welten umzingelt.

Sie verlangten Erze und Nahrungsmittel herauszugeben, ansonsten würden sie das Feuer eröffnen.

Planet Thav´vhaan war noch nicht bewaffnet, und sie waren wehrlos.

Der Commander von Thav´vhaan fing an mit den Piraten zu verhandeln.

Doch die lehnten jede Verhandlung ab, und forderten bedingungslose Kapitulation.

Was sollten die Bhoort´tha machen.

Sie hatten keine Chance, denn flüchten
konnten sie auch nicht.

Die Antriebe der Piraten waren stärker,
und sie waren, bis auf die Zähne, bewaffnet.

Als sie gerade verzweifelt alles hergeben
wollten, kamen ihnen dutzende von
Zwergplaneten zu Hilfe.

Deren Anführer nannte sich Mhatt,
und seine Bewohner hießen Zeeh´ghon.

Mhatt funkte zum Piraten-Chef Sailh´lios:"

Sailh´lios, du Blutsauger, das ist immer noch
mein System. Los, leg den Rückwärtsgang ein
und verschwindet".

Sailh´lios:" Nein das werden wir nicht,
wir beanspruchen diesen Raum.

Wir gehen erst, wenn wir haben, was wir
wollen".

Mhatt gab seiner Gruppe den Befehl, die Geschütze der drei Planeten ins Visier zu nehmen, und zu feuern.

Die Klein-Planeten der Zeeh´ghons hatten zwar nicht so große Feuerkraft, wie die der Piraten, aber dafür waren sie schneller und wendiger.

Die Raumschiff-Welten von Sailh´lios bekamen empfindliche Treffer ab und zogen sich schließlich zurück.

Der Commander von Thav´vhaan:" ich bin Commander Veelh´hit, vom Planeten Thav´vhaan.

Vielen Dank für ihre Hilfe, sie haben unser aller Leben gerettet.

Was möchten sie gerne als Gegenleistung ?".

Mhatt:" Haben sie Tee, Commander ?".

Veelh´hit:" jede Menge, wir freuen uns auf ihren Besuch".

Mhatt:" die Einladung zum Tee ist Belohnung genug für uns".

Mhatt und seine Delegation besuchten, mit
einer kleinen Raumfähre, das innere Reich
von Thav´vhaan.

Veelh´hit:" ich heiße Veelh´hit.
Willkommen auf Thav´vhaan, unser Volk
nennt sich Bhoort´tha".

Mhatt:" danke Commander, mein Name ist
Mhatt.

Ich habe einige Repräsentanten meines
Volkes mitgebracht, wir nennen uns
Zeeh´ghon".

Veelh´hit:" sagen sie einfach Vel,
ohne Commander, bitte folgen sie mir.

Übrigens, sie haben eine bemerkenswerte
Flotte".

Mhatt:" ja, wir mussten uns zusammentun,
die Piraten werden immer dreister".

Veelh´hit zeigte seinen Besuchern ein Teil des
Habitats, die Sauerstoff-Gewinnung und die
Gewächshäuser.

Dann nahmen sie Platz im Besucherraum.
Tee und Gebäck wurde serviert.

Mhatt:" was sie hier alles aufgebaut haben ist
sehr beeindruckend Vel.

Wir haben auch ähnliches, aber nicht in
diesem Ausmaß.

Warum haben sie nicht aufgerüstet mit
Geschützen und Abwehranlagen.

Sie müssten doch von der Piratenplage
wissen.

Pirat Sailh´lios ist noch einer der
harmlosesten.

Er ist nur hinter wertvollen Erzen und Futter
her.

Es gibt Piraten-Planeten, die schießen sofort,
und holen sich dann was sie brauchen.

Sie kennen kein Erbarmen.

Von diesen Teufeln wurden schreckliche
Gräueltaten verübt.

Mittlerweile haben sie Planetenkiller-Munition.

Wegen dem starken Rückstoß sind diese
Torpedos sehr langsam.

Doch einige Planeten konnten dennoch nicht
ausweichen und wurden pulverisiert".

Veelh´hit:" wir wussten das schon, aber
unsere Ressourcen ließen eine Bewaffnung
momentan nicht zu.

Wir flogen auf GutGlück".

Mhatt:" das GutGlück kann sie ihre Welt und
ihr Volk kosten Commander Vel.

Auch wenn sie einen Antrieb mit Über-
Lichtgeschwindigkeit und Schutzschilde
haben.

Bei einem Beschuss der Piraten halten diese
Schilde nicht lange, und einige von denen
haben auch schnelle Antriebe.

Woher kommen sie ?".

Veelh´hit:" wir kommen vom Bhoor-System,
15 Lichtjahre von hier entfernt.

Wie fast überall, brannte unser Stern auch
aus".

Mhatt:" ja bedauerlich, das wird immer
schlimmer".

Veelh´hit:" haben ihre Wissenschaftler
herausgefunden, wie das Stern-Sterben
aufgehalten werden kann ?".

Mhatt:" nein, leider nicht.
Einige, die die Sterne näher untersuchen
wollten, starben dabei.

Ich habe gesehen, das sie Kurs auf das
Zhell´hit-System genommen haben".

Veelh´hit:" ja, unsere Langstrecken-Sensoren
haben dort einen intakten Stern entdeckt,
und seine habitable Umlaufbahn war noch
frei".

Mhatt:" nun ja, dieser Stern war mal intakt,
jedenfalls bis gestern.

Einer unserer Aufklärungs-Planeten hat
gestern gemeldet das wieder irgendetwas
einen Stern getroffen und auf seiner
Oberfläche detoniert wäre.

Es sah aus wie ein Torpedo, funkte man uns,
aber woher der kam wussten sie nicht.

Dann brach der Funkkontakt ab, und wir
haben nichts mehr von ihnen gehört und
gesehen.

Als ob sie spurlos verschwunden wären.

Die Fusions-Stärke des Sterns nimmt, seither,
bereits rapide ab.

Solche Ereignisse wurden öfter beobachtet,
aber niemand sah den Feind, bevor sie
zerstört wurden".

Veelh´hit:" sie vermuten eine Art Waffe ?".

Mhatt:" ja, das vermute ich, aber wie sie
arbeitet, und was sie in dem Stern verursacht,
konnten wir nicht erfahren.

Irgendjemand nimmt unsere Sterne in den
Quadranten Drei und Vier aufs Korn,
und infiziert sie mit irgendwas.

Wir sind am stärksten betroffen, warum, weiß
niemand.

Viren und Bakterien können wir jedenfalls
ausschließen, denn ein Stern erkältet sich
nicht so einfach.

Was für eine Waffe könnte das sein, der so
einen verheerenden Schaden verursacht,
wir sind alle Machtlos demgegenüber".

Veelh´hit:" warum vereinigt ihr euch nicht und
geht gegen den Marodeur vor ?".

Mhatt:" das haben einige von uns schon
versucht, aber keiner von ihnen hat je sein
Gesicht gesehen, bevor sie vernichtet wurden.

Es muß ein getarntes, hochmodernes Ding
sein.

Vielleicht ein neuartiges Schiff, wir wissen es
nicht".

Veelh´hit:" tut mir Leid wegen ihren Verlusten.
Das, was sie uns berichtet haben, beantwortet
viele unserer Fragen".

Mhatt:" Übrigens der Tee ist köstlich.
Wissen sie, das Tee in dieser Region
Mangelware ist.

Das wird nicht mehr angebaut.
Viele denken das ist unnütz, leider auch bei
uns Viele.

Man sagt das der Quadrant Eins frei von
dieser sogenannten Epidemie sei und in
Quadrant Zwei nur einzelne Fälle auftraten.

Ich rate ihnen, nehmen sie Kurs auf den
Quadranten Eins.

Viele sind schon dorthin gezogen.

Wir überlegen uns das auch bereits ".

Veelh´hit:" wir schwenken dennoch in die
Umlaufbahn ein und stocken unsere
Reserven, mit den Solarpaneelen auf,
bevor wir weiterziehen.

Für sie haben wir 2 Tonnen Tee vorbereitet,
für den Rückweg.

Das ist das Mindeste, wie wir ihnen danken
können".

Mhatt:" Vielen Dank Vel, das ist für uns wie
ein wertvoller Schatz.

Achten sie auf sich und auf ihr Volk,
und rüsten sie ihren Planeten auf.

Die Anzahl der Piraten-Planeten hat sich in
den letzten vier Jahren verdoppelt".

Veelh´hit:" das werden wir".

Mhatt und seine Kameraden kehrten wieder
zu ihrer Welt zurück, und verließen das
System.

Thav´vhaan flog in die habitable Zone des
Sternes ein.

Sie alle fühlten sich wieder gut, natürliches
Sonnenlicht und Wärme aufzutanken.

Schon lange vermissten sie so was Schönes.

Die Solarpaneele "ratterten" auf Hochtouren.

Veelh´hit und einige Wissenschaftler nutzten
die Zeit, um auf eigene Faust Ermittlungen
aufzunehmen.

Sie ordneten ihre hochsensiblen Sensoren in
Richtung des sterbenden Sternes aus.

Einige Daten kamen herein, und eine fremde, neuartige Substanz erregte ihre Aufmerksamkeit, die im Begriff war sich komplett aufzulösen.

Es war ein neues, unbekanntes Element, welches sie noch nie gesehen hatten.

Dann verschwand es von den Anzeigen.

Aber immerhin hatten sie jetzt einen Hinweis und Aufzeichnungen von dieser eigenartigen Substanz.

Sie richteten einige ihrer Langstrecken-Scanner nach diesem Element aus, um zu erfahren wo es noch überall vorhanden ist.

Eine Woche später, nach einer Abstimmung, machten sie sich auf den Weg zum Quadranten Eins.

Sie hofften dort endlich ihre neue Heimat zu finden und wieder sesshaft zu werden.

Nach weiteren zwei Wochen Flug schlugen auf einmal die Sensoren Alarm.

Ein unbekanntes Objekt, dessen Außenhaut, teilweise auch aus dem selben, seltsamen Element bestand, kreuzte ihren Weg.

Es flog ziemlich dicht, in zehn Millionen Kilometern Entfernung, an ihnen vorbei.

Und es schien tatsächlich, als ob es ein getarntes Raumschiff wäre, vielleicht das Schiff, das Mhatt erwähnte.

Um nicht entdeckt zu werden, konnten sie dem Gefährt nicht folgen.

Das wäre auffällig, und sie könnten in Gefahr geraten.

Denn wenn es stimmen sollte, das es getarnt Feuern kann, hätten sie nicht den Hauch einer Chance.

Obwohl die Bhoort´thaner Meister der Scanner-Technologie und ihre Sensoren unübertroffen waren, konnten sie das Innere des Objektes nicht durchdringen.

Irgendwas blockierte ihre Scanner.

Auch wenn es getarnt war, hatten sie,
zumindest, eine ungefähre Form des Schiffes
aufzeichnen können.

Sie beschlossen das unbekannte Gefährt mit
ihren Tiefraumsensoren, so lange wie
möglich, zu verfolgen.

Behielten aber ihren Kurs zum Quadranten
Eins bei.

Das Objekt flog in Richtung eines Sternes an
der Grenze zwischen dem Quadranten Zwei
und Drei.

Als es dort ankam, schoss es tatsächlich ein
Torpedo in den Stern hinein.

Dessen Strahlungskraft wurde gleich merklich
geringer.

Es war wirklich der unbekannte Marodeur,
der die Sterne vernichtete.

Aber dieser konnte nicht allein agieren,
denn es wurden in kurzer Zeit viele Sterne,
in verschiedenen Systemen, fast gleichzeitig
angegriffen.

Es müsste ein Flotte solcher Schiffe in der
Galaxis herumfliegen, um so großen Schaden
zu verursachen.

Doch wer waren sie, woher kamen sie,
und welche Absichten verfolgten sie.

Commander Veelh´hit und sein Volk hatten
nicht die Zeit und die Ressourcen dem
nachzugehen.

Aber er hatte irgendwie das innere Gefühl die
Antworten im Quadranten Eins zu finden.

Daher versuchten sie Mhatt und seiner Flotte
eine Nachricht zu senden, über diesen Vorfall.

Doch die wurde irgendwie, von einer
unbekannten Quelle, gestört.

Vielleicht von dem seltsamen Marodeur,
so dachten sich die Bhoort´thaner.

Sie mussten weiterfliegen, und als sie endlich
an der Grenze von Quadrant Eins ankamen
trauten sie ihren Augen und Ohren nicht.

Es gab Grenz-Stützpunkte, und Raumschiffe
patrouillierten hin und her, die sie bewachten.

Einer der Grenzposten funkte sie an:"
hier spricht Grenzposten 54-beta-2X vom
Dhork´han-Raum.

Geben sie sich zu erkennen und nennen sie
ihr Ziel".

Veelh´hit :" Commander Veelh´hit, vom
Planeten Thav´vhaan, wir sind Bhoort´thaner.

Wir sind auf der Suche nach einem Stern,
mit freier habitabler Zone wo wir uns gerne
für immer ansiedeln, und eine neue Heimat
aufbauen würden.

Übrigens, wie weit erstreckt sich denn der
Dhork´han-Raum, wir haben noch nie davon
gehört ".

Grenzposten:" das Reich des Groß-
Imporators Dhork´han umfasst den ganzen
Quadranten Eins.

Fliegen sie zur Andock-Rampe Alpha 2
für eine Inspektion".

Veelh´hit kam sich vor, wie in einem
schlechten Traum.

Ein ganzer Quadrant mit Milliarden von
Sternen, unter einem Herrscher.

Wie ist das nur möglich, fragte er sich,
aber er ließ sich erst mal darauf ein,
um mehr zu erfahren.

Planet Thav´vhaan wurde zu einem
monströsen Andocksystem geleitet.

Die Inspekteure waren eingetroffen.

Veelh´hit :" ich bin Commander Veelh´hit,
willkommen auf Thav´vhaan".

Kontrolleur:" ich bin Aufseher Phark´ha,
bitte zeigen sie mir ihr Planeten-Verzeichnis".

Veelh´hit :" bitte sehr, wir sind unbewaffnet
und haben nichts zu verbergen".

Aufseher Phark´ha schaut sich das Verzeichnis an:" sehr gut, willkommen im Dhork´han-Reich, Commander Veelh´hit.

Wir werden ihnen eine Liste von Sternensystemen geben, deren habitable Umlaufbahnen noch frei sind.

Sie können sich dann eines aussuchen.

Allerdings fordert das Reich eine geringe Gebühr als Gegenleistung.

10 Tonnen Sehlant´thum Erz, in einem Jahrzehnt, also eine Tonne pro Jahr.

Das erste Jahr ist kostenfrei, als Willkommens-Geschenk".

Veelh´hit wusste genau das sein Planet in 500 Jahren ausgebeutet wäre.

Von wegen geringe Gebühr, das ist eine Menge Erz, dachte er sich.

Sehlant´thum Erz war die energiereichste und begehrteste Substanz in der Galaxie.

Damit konnten Planeten-Antriebe und
Großindustrie-Anlagen versorgt, sowie, mit
einer Tonne, der Energiebedarf einer ganzen
Welt, für ein Jahr, gedeckt werden.

Veelh´hit konnte das alles nicht glauben was
er da hörte.

Aber seine Neugier war geweckt,
und er sagte:" könnten sie uns einen Tag Zeit
geben, um uns das zu überlegen.

Wir teilen Ihnen dann morgen unsere
Entscheidung mit".

Aufseher Phark´ha:" ja natürlich, lassen sie
sich Zeit.

Morgen erwarten wir ihre Antwort".

Als die Inspekteure fort waren, versammelten
sich alle Haupt-Offiziere und Wissenschaftler
im Besprechungsraum.

Die anderen Vertreter, auf der Welt, traten
dazu, per Konferenz-Schaltung.

Veelh´hit:" ihr habt das alles gehört.

Also mir kommt das vor wie ein Alptraum,
ich kann das immer noch nicht glauben".

Erste Offizierin und Ingenieurin Thal´lhar:"
keiner von uns kann das glauben, es ist, als
ob wir in einer bösen, alternativen Realität
wären, aber es ist trotzdem wahr.

Wie sollten wir, ihrer Meinung nach vorgehen,
Commander ?".

Veelh´hit:" ich habe das mit Absicht nicht
hinterfragt, warum eine Person Anspruch auf
ein Viertel einer Galaxie erheben kann,
um nicht gleich in einem schlechten Licht
da zu stehen.

Weil ich mehr erfahren und mehr
Informationen sammeln möchte, über dieses
sogenannte Reich.

Ihr seht, wie stark sie organisiert sind.

Der ganze Quadrant Eins gleicht einer
Festung.

Unzählige Raumschiffe bewachen es,
und Tri-Quanten-Geschütze sind überall an
den Grenzanlagen aufgestellt.

Ich habe irgendwie das Gefühl, das dieser
Groß-Imporator Dhork´han, oder einige von
seinem Umfeld, für die Vernichtung der Sterne
in unseren Systemen verantwortlich sind.

Und ich möchte erfahren wie die das
anstellen, und wo ihre Machtquelle liegt.

Von daher wäre ich dafür, erst mal das
Angebot anzunehmen, und uns einen Stern
aussuchen, wo wir uns stationieren können.

Dann sehen wir weiter.

Was meinen sie alle dazu ?".

Nach einer gemeinsamen Abstimmung waren
alle einheitlich dafür, der Sache nachzugehen.

Veelh´hit:" danke ihnen allen.

Aber leicht werde ich das denen nicht
machen, und erst mal ordentlich handeln
morgen".

Am nächsten Morgen funkt Veelh´hit den
Aufseher Phark´ha an:" hier ist Commander
Veelh´hit.

Wir haben uns ihr Angebot überlegt, allerdings
übersteigen 10 Tonnen unsere Kapazitäten,
wie wär´s mit 3 Tonnen pro Jahrzehnt ?".

Aufseher Phark´ha:" Einigen wir uns auf
5 Tonnen Commander".

Commander Veelh´hit:" 5 Tonnen sind
akzeptabel".

Aufseher Phark´ha:" ich sende ihnen die
Sternen-Liste.

Sie sind freigegeben, guten Flug Planet
Thav´vhaan ".

Commander Veelh´hit:" danke.

Noch eins, wir würden uns gerne persönlich
für die Güte des Groß-Imporators bedanken.

Könnten sie bitte für uns eine Audienz
anfragen ?".

Aufseher Phark´ha:" das werde ich,
sie werden von uns kontaktiert".

Veelh´hit und seine Kameraden suchten sich
einen geeigneten Stern aus und machten sich
auf den Weg.

Am Stern angekommen, berechneten sie die
habitable Umlaufbahn und traten in diese ein.

Die entsprechende Geschwindigkeit und
Rotation, ihrer Welt, passten sie an.

Dann, innerhalb einer Woche bekam der
Planet Thav´vhaan eine Nachricht.

Der Groß-Imporator Dhork´han würde sich
freuen eine Delegation von 3 Personen in sein
Palast, im Zentrum des Quadranten,
einzuladen.

Hierfür sendet er sein schnellstes Raumschiff,
der die Delegation, in drei Tagen, abholen
würde.

Für Veelh´hit kam diese Nachricht sehr
schnell, damit hatte er so bald nicht
gerechnet.

Und ein Raumschiff, das die Strecke vom Zentrum in die Außenbereiche des Quadranten in nur 3 Tagen erreicht, müsste mit Vielfacher Lichtgeschwindigkeit fliegen.

Weit mehr als ihr Antrieb, der für diese Entfernung viele Wochen benötigen würde.

Von so einer Hochentwickelten Technologie hatte er noch nie gehört.

Gespannt wartete er auf das Eintreffen des Raumschiffes.

Inzwischen machten sich Veelh´hit, die Ingenieurin Thal´lhar und der Wissenschaftler Kreh´hniim bereit für die Reise und packten ihre Sachen.

Veelh´hit suchte sich die zwei fähigsten Kameraden aus seinem engsten Führungs-Stab aus, für den Besuch.

Dann war es soweit.

Drei Tage später dockte das Schiff an.

Captain des Schiffes:" ich bin Captain
Whil´lhat, herzlich Willkommen an Bord.

Mein erster Offizier Flin´th wird ihnen ihre
Quartiere zeigen.

Und auch unsere Aufenthaltsräume und die
Nahrungsverteiler".

Veelh´hit:" danke Captain.

Darf ich vorstellen, meine erste Offizierin
Thal´lhar und Wissenschaftler Kreh´hniim".

Veelh´hit, der Wissenschaftler und die
Ingenieurin, stiegen ein, und es ging in
Richtung des Quadranten-Zentrums.

Unterwegs fragte Veelh´hit den Captain:"
Captain, ich bin Neugierig, und sehr
beeindruckt von ihrem Schiff.

Wie hoch ist ihre Höchstgeschwindigkeit,
und was für einen Antrieb hat dieses Schiff ?".

Captain Whil´lhat:" es tut mir leid, aber leider
darf ich über die Schiffs-Systeme und über
unsere Technologie keine Auskunft geben.

Das ist uns strikt untersagt, aufgrund der
Reichs-Internen Richtlinien".

Veelh´hit , Thal´lhar und Kreh´hniim erfuhren
schon bald, dass das Raumschiff, auf dem sie
flogen, aus den selben Materialien gebaut,
und eine ähnliche Form hatte wie das Schiff
des Marodeurs.

Die versteckten Scanner, die in der Haut,
unterhalb des Unterarms, aller drei, implantiert
waren, zeigten eindeutig das Ergebnis an.

Innerhalb ihrer Augenlider war eine Art
Flüssigkristall-Film eingebettet, so dass es wie
ein Bildschirm fungierte.

Wenn sie ihre Augen schlossen, sahen sie die
Ergebnisse der Scanner-Daten.

Damit bestätigte sich, das der Imporator, oder
zumindest einige von seinem Volk, beteiligt
waren, am schlimmsten Verbrechen, das die
Galaxie je gesehen hatte.

Nach drei Tagen kamen sie im Zentrum des
Quadranten Eins an.

Sie traten in das Sternensystem des Groß-
Imporators Dhork´han ein.

Captain Whil´lhat:" herzlich willkommen im
Bhorh´hsan-System.

Wir steuern direkt den Planeten Pheth´haan
an, auf dem sich der Palast des Groß-
Imporators befindet.

Es gibt zwei weitere Planeten, Phel´lhoon und
Nhant´thum, die ebenfalls besiedelt wurden".

Nachdem sie gelandet waren, brachte man
sie in den Gäste-Raum des Palastes.

Auf Waffen und gefährliche Gegenstände
wurden Veelh´hit , Thal´lhar und Kreh´hniim
bereits auf dem Schiff untersucht.

Doch die hochkomplexen, an den Unterarmen
implantierten Scanner, bei ihnen, konnten
nicht entdeckt werden, da die Signale
abgelenkt wurden.

Nach einer Stunde, führte man sie zum
Imporator.

Imporator Dhork´han:" herzlich willkommen
auf Pheth´haan und im Bhorh´hsan-System.

Sie sind in der Haupt-Stadt Phal´hlee.

Das ist mein engster Berater und meine
rechte Hand Zhel´hiim".

Veelh´hit:" danke, Eure Majestät, für die
Einladung, es ist uns eine große Ehre".

Thal´lhar und Kreh´hniim:" danke, Eure
Majestät".

Veelh´hit:" Wir möchten uns für ihre Güte
bedanken, dass sie uns ein Stern überlassen
haben, für unsere neue Heimat.

Aber aus dem Staunen kommen wir nicht
heraus.

Sie haben einen schönen Planeten und eine
wundervolle Stadt.

Besonders beeindruckt sind wir von Ihrer
fortschrittlichen Technologie, und ihren
schnellen Raumschiffen".

Imporator Dhork´han:" ja, wir haben lange
gebraucht um so weit zu kommen.

Ich habe gehört das sie unserem Vertrag
zugestimmt haben und in die Umlaufbahn
einer meiner Sterne bereits eingetreten sind.

Und sie haben einen sehr interessanten
Planeten voller Erze, ich denke wir werden
in Zukunft gegenseitig viel profitieren".

Veelh´hit:" Eure Majestät, wir haben gehört,
ihr Reich erstreckt sich über den ganzen
Quadranten Eins.

Ist es vermessen zu fragen, wie es dazu kam,
denn das ist einerseits auch eine große
Verantwortung".

Imporator Dhork´han:" unsere Spezies,
die Bhorh´hsaner sind zahlreich verstreut im
Quadranten Eins.

Meine Familie war seit Äonen Adelig,
und besaß Sternensysteme an allen Ecken,
in diesem Teil der Galaxie.

Nach einer demokratischen Wahl, hatten alle
Repräsentanten der verschiedenen Häuser,
mich als ihren Anführer gewählt.

Das war vor 20 Jahren.

Seit dem verwalte ich alles, und jeder ist
glücklich.

Eine große Verantwortung ist es natürlich
schon.

Ah, da kommen ihre Begrüßungsgetränke,
eine äußerst delikate Spezialität unseres
Volkes".

Veelh´hit:" vielen Dank, sehr erfrischend".

Dhork´han:" So, meine Sekretäre werden
ihnen jetzt ihre Quartiere zeigen.

Anschließend bekommen sie eine
Stadtführung.

Und morgen wird man ihnen verschiedene
Sehenswürdigkeiten des Planeten zeigen".

Berater Zhel´hiim hatte kein gutes Gefühl,
und sah den Dreien grimmig und skeptisch
hinterher.

Dhork´han zu Zhel´hiim:" ich möchte das der
Schaden morgen, im Laufe des Tages,
so schnell wie möglich, repariert ist".

Am nächsten Morgen stiegen sie in einen
Raum-Gleiter ein, für einen Planeten-
Rundflug.

Als sie das Dämpfungsfeld des Palastes
Verliesen, schlugen die Scanner extrem hoch
aus.

Sie zeigten das fremde Element an.

Die Koordinaten wiesen in Richtung des
zweiten Mondes von Pheth´haan.

Veelh´hit , Thal´lhar und Kreh´hniim
verständigten sich lautlos untereinander,
denn jeder hatte das gesehen.

Veelh´hit:" Captain, sie haben wunderschöne
Monde, wäre es möglich das wir vorbeifliegen
und sie kurz betrachten könnten ?".

Captain des Gleiters:" das ist leider
Sperrgebiet.

Eine Seuche ist dort in einer Siedlung
ausgebrochen.

Wir sind dabei die Epidemie unter Kontrolle zu
bringen.

Es wäre auch nicht angebracht und pietätlos
dort entlang zufliegen".

Veelh´hit:" ja natürlich, ich verstehe, das tut
uns sehr leid".

Sofort begriffen die drei, das man sie von dort
fernhalten wollte.

Der Ausschlag der Scanner war so hoch,
das sie ganz sicher waren, das dort die
Produktions-Anlage dieses ominösen
Elements lag.

Nach einem fünf Stündigem Flug brachte der
Gleiter alle Drei wieder zurück zum Palast.

Gleich nach dem Abendmahl suchten sie sich
eine Stelle aus, um das weitere Vorgehen zu
besprechen, und auch einen Ort wo es keine
Abhör-Geräte gab.

Denn sie bemerkten schnell das ihre
Quartiere bis auf die Decke mit versteckten
Abhör-Apparaten und Miniatur-Kameras
"verwanzt" waren.

Veelh´hit:" Thal´lhar, Kreh´hniim, ihr habt den
Ausschlag der Scanner heute auch gesehen.

Ich frage mich warum die gestern, als wir
ankamen, nicht angeschlagen haben".

Kreh´hniim:" vieleicht liegt in ihrem System
eine Störung vor, und das Dämpfungsfeld um
den Mond ist vielleicht ausgefallen".

Veelh´hit:" ja, vielleicht, hört mir zu,
ich habe einen Plan.

Während dem Rundflug habe ich alle
Frequenzen des Gleiters gescannt,
damit kann ich ihn fliegen und steuern.

Ich habe auch entdeckt das dieser eine
Tarnvorrichtung hat.

Also, ich schleiche mich heute Nacht aus
meinem Quartier in den Gleiter-Hangar.

Die Kameras, unterwegs und in dem Hangar,
werde ich mit dem Bhicorder, auf Endlos-
Schleife schalten, so dass sie nichts merken
werden.

Übrigens das war eine gute Idee von ihnen
Kreh´hniim, den Bhicorder als Touristen-
Kamera zu tarnen.

Dann schnappe ich mir den Gleiter und fliege
getarnt zum Mond, und sehe mir die Anlage
an".

Thal´lhar:" Commander das ist sehr riskant,
ich hab da ein schlechtes Gefühl.

Wäre besser, wenn wir mitkommen würden".

Veelh´hit:" nein, das könnte auffallen,
wenn wir alle drei abwesend sind.

Falls jemand kommt, müsst ihr mich decken
und improvisieren, ich gehe allein".

Noch in der gleichen Nacht, schlich sich
Veelh´hit aus seinem Zimmer.

Wo die Wachen waren, und wohin sie liefen,
konnte er über seinen Bhicorder sehen.

Natürlich hatte er vorher alle Kameras auf
Durchlauf-Schleife geschaltet, so dass sie,
"eingefroren", immer wieder dasselbe Bild
zeigten

Somit war er für diese unsichtbar.

Er wartete bis die Wachen den Hangar
überprüften und weggingen.

Dann lief er vorsichtig an ihnen vorbei,
und stieg in den Gleiter ein.

Es gab kein Hangar-Tor, sondern nur ein
Kraftfeld, das auf die Frequenz des Raum-
Gleiters eingestellt war.

Er tarnte den Gleiter, rollte hinaus, hob ab,
und nahm Kurs in Richtung des zweiten
Mondes.

Als er dort ankam, folgte er seiner Scanner-
Anzeige.

Dieser wies ihm den Weg zu der höchsten
Konzentration des fremden Elements.

Die Anzeige führte ihn zur Rückseite des
Mondes.

Und dann sah er die Industrie-Anlage.

Sie war gewaltig, und erstreckte sich fast über
ein Viertel der Mondoberfläche.

Der Bhicorder zeigte, das die Anlage
Unmengen an Sehlant´thum Erz verbrauchte.

Er suchte die Haupt-Zentrale, um dort, über
die Scanner-Sensoren, mehr Informationen zu
bekommen.

Der gesamte Komplex war schwer bewacht,
daher schwebte er über der Zentrale, mit dem
getarnten Gleiter, und versuchte mit dem
Bhicorder in die Datenbank zu gelangen.

Plötzlich hatte er keine Kontrolle mehr über
die Raumfähre.

Der Autopilot schaltete sich automatisch ein,
und der Gleiter landete und enttarnte sich.

Sofort stürmten mehrere Wachen zum Schiff
und nahmen Veelh´hit fest.

Die rechte Hand von Dhork´han, Zhel´hiim,
kam auf ihn zu:" guten Abend, Commander,
wie war der Flug ?".

Veelh´hit:" sehr gut, aber leider zu kurz".

Zhel´hiim:" ihr Leben hat sich soeben auch
ziemlich verkürzt".

Er packte Veelh´hit am Arm und wollte ihn
zum hinteren Sitz des Raum-Gleiters bringen.

Doch Veelh´hit schlug seinen Arm weg und
lief freiwillig zum Sitz, wo er gefesselt wurde.

Sie brachten ihn wieder zurück zum Palast,
in eine Zelle, in der schon seine Kameraden
inhaftiert waren.

Veelh´hit:" ihr seid auch hier ?".

Kreh´hniim:" kurz nachdem sie aufgebrochen
waren, kamen vier Wachen und verhafteten
uns, ohne einen Grund zu nennen".

Veelh´hit:" geht es ihnen gut Thal´lhar ?".

Thal´lhar:" ja, Commander, mir fehlt nichts".

Da kam Dhork´han mit seiner Leib-Garde um
die Ecke:" wie war denn die Besichtigungstour
zum Mond, hat es ihnen gefallen,
Commander ?".

Veelh´hit:" nicht besonders, ich konnte leider
nicht viel sehen.

Aber sie können uns die Anlage gerne mal
zeigen, bei Gelegenheit".

Dhork´han:" die Witze werden ihnen bald
vergehen.

Glauben sie wirklich, dass wir so nachlässig
wären, und sie aus den Augen ließen.

Sie haben alle, mit dem Begrüßungsgetränk
gestern, auch Nano-Orter mit eingenommen.

Das sind Mikroskopisch kleine Sender,
wir wussten jederzeit wo sie alle waren".

Veelh´hit:" warum haben sie mich nicht gleich
verhaftet ?".

Dhork´han:" das hätte keinen Spaß gemacht.

Außerdem wollte ich sie mal einen unserer
Gleiter fliegen lassen, bevor wir sie alle auf
den Planeten Morth´thaan verbannen,
für einen sehr langsamen Tod.

Ihr Planet und dessen Rohstoffe werden
natürlich beschlagnahmt".

Veelh´hit:" die Bewohner von Thav´vhaan
wussten nichts von unseren Plänen,
bitte verschonen sie sie".

Dhork´han:" keine Sorge, ich werde den
Bewohnern nichts tun.

Ganz im Gegenteil,
ich brauche sie zum Abbau der Erze.

Der Planet Morth´thaan ist ein Lava-Planet,
es gibt nur wenig Festland dort, und sie liegt
außerhalb unserer Galaxie, in der Nähe des
All-Zentrums.

Die Raumschiffe, die sie bisher sahen und
mitgeflogen sind, waren lahme Schnecken,
gegenüber dem Schiff, mit dem ihr alle nach
Morth´thaan gebracht werdet.

Es generiert selbstständig ein stabiles
Wurmloch und ist in 5 Stunden, quer durch die
Galaxie, auf Morth´thaan.

Seine Außenhülle besteht zu 90 % aus purem
Otthri´huum, das Element, dem Sie hinterher
jagten.

Ein weiteres Raumschiff ist kurz vor der
Fertigstellung, mit 100 % purem Otthri´huum.

Fünf weitere werden innerhalb drei Monaten
startbereit sein ".

Veelh´hit:" wenn wir schon sterben, können
sie uns doch verraten woher sie das
Othri´huum haben ?".

Dhork´han:" sagen wir mal so, es war
Göttliche Fügung.

So, jetzt schafft diese drei hier weg".

Auf Morth´thaan angekommen, landete das
Schiff auf einem Stück öden Festland,
und alle drei wurden ausgesetzt.

Die Hitze war hoch, fast unerträglich.

Captain des Raumschiffes:" hier wird es bald
ungemütlich werden.

Wenn die Feuer-Winde kommen, werden die,
erst mal die Haare, Gesichtshaut und dann
die Kleidung wegätzen.

Dann kommen sie wieder zurück und tragen
Schicht für Schicht, Haut, Fleisch und dann
die Knochen ab.

Ein Platz zum verstecken habt ihr hier nicht,
viel Spaß".

Dann hob das Raumschiff ab und flog weg.

Veelh´hit:" habt keine Angst, denkt positiv".

Sie waren umzingelt von einem großen
Magma-See.

Da nahte sich schon, in der Ferne, so ein
Feuer-Wirbelwind.

Doch auch eine hohe Lavawelle kam auf sie
zu.

Thal´lhar:" wirklich toll, haben wir aber ein Glück.

Zuerst werden wir geröstet und dann anschließend gegrillt".

Doch es war eine eigenartige Welle, die ihren Lauf selbst korrigierte und auch schneller wurde.

Unter Todesangst schlossen alle ihre Augen.

Die Lavawelle traf sie noch vor dem Feuer-Sturm.

Sie wurden Ohnmächtig.

Als sie alle ihre Augen öffneten, lagen sie in einem Krankenbett und wurden medizinisch versorgt.

Kreh´hniim:" sind wir tot ?".

Thal´lhar:" ich glaube das ist der Himmel".

"Weder noch", sagte eine Stimme:" ich heiße Sabhi´th.

Die Lavawelle, die ihr saht, war ein Portal zu
dieser Welt, zum Zhoo´th-Reich.

Es liegt exakt in der Mitte des Universums.

Die Bewohner nennen sich Zhoo´thaner.

Ihr Planet und ihr ganzes Sternensystem,
liegt verschleiert hinter einem dunklen Nebel.

Sie sind ein überaus friedliebendes und
scheues Volk, das keine Kontakte nach außen
pflegt, aber auch hilfsbereit, wenn es sein
muss.

Genau wie Dhork´han euch, hatte er mich
auch, vor langer Zeit, hier ausgesetzt zum
Sterben.

Aber die Zhoo´thaner haben mich gerettet.

Ich bin der ältere Bruder von ihm.

Er hat mich entführt, sagte dann zum Volk,
ich wäre an einer Krankheit gestorben.

Dann hat er sich meine Sternensysteme an
den Nagel gerissen, um Allein-Herrscher des
Quadranten zu werden.

Das alles geschah vor 20 Jahren.

Was habt ihr getan, um hier zu landen ?".

Veelh´hit:" ich heiße Veelh´hit, Thal´lhar,
Kreh´hniim.

Sie haben unser Leben gerettet, Vielen Dank".

Sabhi´th:" wenn man es genau nimmt, haben
die Zhoo´thaner sie gerettet".

Veelh´hit:" Vielen Dank, an das Zhoo´than-
Volk.

Wir sind Bhoort´thaner vom Planeten
Thav´vhaan.

Wir haben mit Dhork´han einen Vertrag
abgeschlossen.

Er gab uns einen Stern, in dessen habitable
Zone wir eingetreten sind.

Im Gegenzug liefern wir ihm Sehlant´thum
Erz.

Aber die Lage ist weitaus schlimmer.

Dhork´han hat angefangen, mit seinen
Schiffen, seit langer Zeit, einen Stern nach
dem anderen, vor allem in den Quadranten
Drei und Vier, zu vernichten.

Unser Stern war auch betroffen, daher sind
wir, mit unserem Planeten, dort weggezogen.

Dhork´han produziert, in den Fabriken auf
seinem Mond, eine Substanz die er
Otthri´huum nennt.

Damit rüstet er seine Schiffe aus, die sehr
mächtig und schnell sind.

Als ich diese Anlage auf der Mond-Rückseite
näher ansehen wollte wurden wir alle
verhaftet.

Einer von seinen Raumschiffen hat uns,
über unsere Galaxie hinaus, in nur 5 Stunden
hierher gebracht.

Könnt Ihr uns bitte helfen gegen Dhork´han
vorzugehen.

Denn er hat unseren Planeten beschlagnahmt
und unser Volk versklavt".

Sabhi´th:" so schlimm ist es also mit ihm
geworden.

Noch Grausamer und Sadistischer als er
schon war.

Er ist ein Sado-Narzisstischer Soziopath,
eigentlich gibt es keine Wörter die ihn wirklich
beschreiben.

Er ist der Teufel persönlich.

Die Reise, damals, als er mich nach
Morth´thaan brachte, hatte fünf Monate
gedauert.

Er wollte mich quälend sterben lassen,
allein dafür hat er einen so langen Flug auf
sich genommen.

Die Zhoo´thaner erzählten mir damals,
dass sie sich gewundert haben, wie
Dhork´han von dem Planeten Morth´thaan
überhaupt erfahren hat.

Er war der erste Sterbliche, der jemals in der
Geschichte dieses Feuerballs, einen Fuß
darauf gesetzt hat.

Denn diese Lavakugel ist ein unwirklicher
Planet, ohne einen Stern, regungslos
verankert im dunklen Raum.

Die Zhoo´thaner haben eine hochentwickelte
Technologie, die es ihnen erlaubt, das weite
Umfeld, um den Nebel herum, zu beobachten,
weit über Morth´thaan hinaus.

Sie erzählten das Dhork´han vor über
20 Jahren zum ersten Mal dort eintraf,
und Gefangene aussetzte.

Er beobachtete sie vom Orbit aus, wie sie
unter entsetzlichen, qualvollen Schmerzen
starben.

Einige starben innerhalb kurzer Zeit,
bei anderen dauerte es Stunden.

Manche von denen sahen aus wie lebendige
Gerippen, bevor sie tot waren.

Das Volk der Zhoo´than konnte diese
Grausamkeit nicht mehr mit ansehen.

Und so erschufen sie, mit Hilfe des Lebens-
Elementes dieses Planeten, das Lava-Portal,
um später andere retten zu können.

Dieses pure Böse von Dhork´han hat die
armen Seelen als Testlauf benutzt.

Nur um mich dann, später, dort, demselben
Schicksal zu überlassen.

So war ich der erste der gerettet wurde,
und ihr die nächsten.

Er tyrannisiert jetzt also andere Welten um
sein Erz zu bekommen.

Das Element, das er Otthri´huum nennt, heißt
hier Hahzz´zhiin.

Fast der ganze Planet der Zhoo´thaner
besteht daraus. Sie achten und hüten dieses
Element.

Hahzz´zhiin verhindert Naturkatastrophen,
macht den Boden fruchtbar und schützt sie
vor Gefahren von außen.

Es ist ein Element des Lebens und der
Existenz, das nur hier vorhanden ist,
sonst nirgends im Universum.

Doch Dhork´han hat also eine Waffe daraus
gemacht".

Kreh´hniim:" wie hat er es dann geschafft,
dieses Elementes habhaft zu werden ?".

Sabhi´th:" ich kann mir vorstellen, wie er an
das Element gekommen ist.

Damals, als er mich hierher brachte, absetzte
und dann wieder zurückfliegen wollte, erfasste
ein Feuer-Wirbel sein Schiff beim Abheben.

Der Wirbel schleuderte es gegen die
Lavawelle, die im Begriff war mich zu retten.

Dann hob er ab und flog weg.

Die Welle erfasste mich dann.

Sein Schiff muß wohl kurz in das Ereignis-
Horizont eingedrungen sein, und etwas von
dem Element haftete dann an dessen Hülle".

Veelh´hit:" zum Glück weiß er nicht woher
das Element kommt.

Er sagte uns, er hätte es durch göttliche
Fügung erhalten".

Sabhi´th:" da wäre ich mir nicht sicher,
ich kenne meinen Bruder.

Dhork´han ist sehr verschlagen, vielleicht ahnt
er etwas, auch das ich am Leben sein könnte.

Daher rüstet er eventuell seine Flotte auf,
um die Zhoo´thaner-Welt anzugreifen.

Er ist womöglich hinter dem Element her,
dass er nicht in ausreichender Menge
herstellen kann".

Veelh´hit:" Aber wie kann er das wissen,
wie kann er vom Zhoo´th-Reich erfahren
haben ?".

Sabhi´th:" wenn er tatsächlich mittlerweile
über so schnelle Schiffe verfügt, wäre es
möglich das einer seiner Späher-Schiffe bis
zum Zentrum vorgedrungen ist.

Dabei könnten sie den Nebelschleier
entdeckt, und darüber berichtet haben.

In den Nebel konnte es natürlich nicht
eindringen.

Dieser würde alle Raumschiffe und Materie zu
Staub zerfallen lassen, sobald sie Kontakt mit
dem Nebel haben.

Als er damals mit seinem Raumschiff auf
Morth´thaan landete, dachte er vielleicht,
sein Schiff wäre dort mit der Substanz
irgendwie in Kontakt gekommen.

Bestimmt ließ er den Planeten von oben bis
unten scannen und absuchen nach dem
Element, und fand natürlich nichts.

Er weiß nicht das die Lava-Welle ein Portal
ist.

Aber er denkt vielleicht das ein Volk hinter
dem Nebel mit einem Raumschiff gekommen
ist, und mich gerettet haben könnte.

Und dabei könnte dieses Schiff etwas von der
Substanz Otthri´huum, wie Dhork´han das
nennt, verloren haben, und es haftete dann an
seinem Schiff, als er dort landete.

So hat er sich das alles bestimmt zusammen
gereimt, das weiß ich, ich kenne ihn.

Aber wenn ein Raumschiff aus purem
Hahzz´zhiin bestehen würde, wäre es
möglich, durch den Nebel zu fliegen.

Veelh´hit:" Dhork´han sagte, ein Raumschiff
wäre kurz vor der Fertigstellung, aus purem,
100 Prozentigem Otthri´huum, und in drei
Monaten würden fünf weitere folgen".

Sabhi´th:" ja natürlich, das ist sein Ziel, das ist
seine Absicht".

Veelh´hit:" was meinen sie ?".

Sabhi´th:" Dhork´han hat eure Sterne
vernichten lassen, um euch zu zwingen mit
euren Planeten in seinen Quadranten zu
kommen.

Er braucht so viel Sehlant´thum Erz wie er nur
kriegen kann, und so schnell wie möglich.

Geduld war nie seine Stärke.

Damit will er so viel Hahzz´zhiin herstellen,
wie er nur kann, um viele seiner Schiffe aus
purem Hahzz´zhiin bauen zu können, er plant
eine Invasion.

Veelh´hit:" wie können sie da so sicher
sein ?".

Sabhi´th:" ich bin mir sicher, ich kenne meinen
hinterlistigen Bruder.

Wenn er es schaffen sollte diesen Planeten zu
erreichen und zu erobern um das Hahzz´zhiin
in seine Hände zu bekommen, wäre nicht nur
unsere Galaxis in Gefahr, sondern auch das
ganze Universum.

Doch ich frage mich wie er es geschafft hat,
die Herstellung des Hahzz´zhiin in den Griff zu
bekommen, das ist eigentlich unmöglich".

Veelh´hit bemerkte, in diesem Augenblick,
die Tätowierungen an den Unterarmen der
Zhoo´th-Krankenpfleger, die sich um ihn und
um seine Kameraden kümmerten.

Er erinnerte sich an den Moment, wo er den
Arm von Berater Zhel´hiim zur Seite schlug.

Dabei rutschte ihm das Armband weg,
und er sah einen Ausschnitt einer
Tätowierung, der denen der Zhoo´thaner
glich.

Veelh´hit:" diese Tätowierung, an den
Unterarmen der Pfleger, habe ich schon mal
gesehen, denke ich.

Dhork´han hat einen Berater, er ist gleichzeitig
seine rechte Hand, und heißt Zhel´hiim.

Er hatte die selbe Strahlenform an seinem
Arm.

Ich sah es kurz, dann verdeckte er es wieder".

Sabhi´th:" bist du dir ganz sicher, dass es die
selbe Form hatte ?".

Veelh´hit:" ich bin mir absolut sicher".

Sabhi´th:" nein, das ist nicht möglich, oder
doch ?".

Veelh´hit:" was ist denn, glauben sie er ist ein
Zhoo´thaner ?".

Sabhi´th:" eher ein Geist.

Er ist ein ehemaliger Zhoo´thaner,
der eigentlich tot sein müsste.

Und der einzige der jemals diese Welt,
wenn auch unfreiwillig, verlassen musste.

Das Gebilde an den Unterarmen der
Zhoo´thaner sind keine Tätowierungen,
es sind Male mit denen jeder im Zhoo´th-Volk
geboren wird.

Es zeigt das Symbol des Elements
Hahzz´zhiin.

Sein richtiger Name ist Zhul´phaan.
Die Geschichte von ihm ist jedem bekannt.

Vor fast 30 Jahren hat er heimlich versucht,
mit einigen Kisten des Elements Hahzz´zhiin
und dem Raumschiff der Zhoo´thaner, den
Planeten zu verlassen, um sein eigenes,
freies Reich zu gründen, wie er selbst angab.

Aus reiner Macht und Habgier.
Aber er wurde gestellt und überführt.

Er soll damals gesagt haben, das er sich hier
wie in einem Gefängnis vorkommt, und
draußen ein neues Leben beginnen wollte.

Das ganze Zhoo´than-Volk war geschockt,
erzählte man mir.

In ihrer, viele Millionen Jahre alten
Geschichte, kam es noch nie zu so einem
Vorfall.

So etwas war eigentlich undenkbar für sie.

Sie dachten damals, es sei eine Prüfung
Gottes, und eine Anomalie.

So etwas wie Verbrechen oder Verrat gab es
in ihrem Wortschatz, bis dahin, nicht.

Das Wort Zhul´phaan steht seither für
diese Schandtat.

Zum Glück haben alle Zhoo´thaner einen
eigenen, individuellen Namen, der nicht
zweimal vorkommt".

Veelh´hit:" was ist dann aus ihm geworden,
wie kam er dennoch weg vom Planeten ?".

Sabhi´th:" er wurde, in einer Kapsel mit
Nahrung und Wasser, ins Weltall geschossen,
und verbannt.

Das einzige was man ihm mitgab, war ein
dunkler Stab.

Es war eine rituelle Waffe, mit dem er sich
selbst richten konnte, falls er dazu bereit war".

Thal´lhar:" den Stab hab ich bei ihm gesehen,
er hatte es immer bei sich.

Und jetzt weiß ich auch warum er diese
merkwürdige Kopfbedeckung trug,
er wollte die Zhoo´th-Merkmale verbergen ".

Sabhi´th:" das beschichtete Hahzz´zhiin um
die Kapsel herum, war so dünn aufgetragen,
das es sich verflüchtigte, nachdem es den
Nebel verließ, so dass Zhul´phaan nicht
wieder zurückkehren konnte.

Man überließ sein Schicksal Gott.
Er sollte über ihn richten.

Einer von Dhork´hans Schiffen muss wohl die
Kapsel geborgen haben.

Dhork´han erkannte seinen Wert und
Zhul´phaan wurde sein engster Berater.

Jetzt will er mit Dhork´hans Hilfe die Zhoo´th-
Welt erobern und sich rächen.

Zum Glück für uns, wusste er nichts über das
Lava-Portal.

Das wurde nach seiner Verbannung
eingerichtet.

Ihr habt uns mit euren Informationen sehr
geholfen, vielleicht habt ihr sogar die
Zhoo´th-Welt und das Universum gerettet.

Jetzt wissen wir woher Dhork´han all die
Informationen hat, über Morth´thaan,
über die Welt hinter dem Nebel, und über
die Herstellungsweise des Hahzz´zhiin.

Ich werde den Zhoo´thanern alles berichten,
damit sie sich vorbereiten können.

Aber irgendwelche Waffen haben sie, meines
Wissens nach, nicht.

Ich wüsste auch nicht womit sie sich wehren
könnten.

Ruht euch erst mal aus, dann wird man euch
zu euren Zimmern bringen.

Sobald ich kann werde ich zurückkommen
und über deren Entscheidung berichten".

Sabhi´th ging zum Zhoo´than-Rat um sie zu
warnen und um alles zu besprechen, wie man
vorgehen könnte.

Nach einer Weile kam er zurück und rief die
drei zum Konferenzraum.

Sabhi´th:" ich habe einiges erfahren.

Der oberste Weise im Rat sagte, man müsste
die Produktionsanlage von Dhork´han auf
seinem Mond komplett zerstören.

Dies würde einen Kaskadeneffekt hervorrufen,
der alle Objekte ebenfalls zerstört die mit dem
Hahzz´zhiin gebaut wurden.

Er sagte, das das Hahzz´zhiin teilweise ein
lebendiges Element sei.

Wenn es denkt das es zerstört werden muß,
sendet es, während seiner Vernichtung,
an die Anderen ein Signal das gleiche zu tun,
also sich selbst zu eliminieren.

Das Signal ist sehr stark, und erreicht alle
Elemente, wo immer sie sich auch befinden.

Und weiterhin sagte er, das das Hahzz´zhiin
vom Gott des Universums, vor vielen
Milliarden Jahren, hierher ins Zentrum
gebracht wurde, so die Legende.

Den Zhoo´thanern gebührte dann die Ehre,
das Hahzz´zhiin zu hüten.

So habe ich das zumindest verstanden".

Veelh´hit:" ja aber, dann ist auch die
Zhoo´th- Welt in Gefahr".

Sabhi´th:" ihre Welt wäre durch den Nebel
geschützt, so sagte der Weise.

Das Problem ist nur, da die Zhoo´thaner sehr
zurückhaltend sind, und nur unter sich leben
wollen, auch weil sie eine Verantwortung
haben und das Hahzz´zhiin beschützen
möchten, sahen sie keine Notwendigkeit
Raumschiffe zu bauen.

Sie haben nur ein einziges Schiff, das sie
vorwiegend auf ihrem Planeten benutzen,
 jedoch ist es unbewaffnet.

Wir müssen den Krieg irgendwie zu
Dhork´han bringen, hier hätten wir keine
Chance".

Veelh´hit:" ich hätte da eine Idee.
Könnte man von hier aus Nachrichten nach
draußen versenden ?".

Sabhi´th:" ja das geht.

Sie haben hier sehr leistungsstarke Sender,
die über viele Lichtjahre sehr schnell senden,
und auch weiterhin senden, wenn Fremde
versuchen sie zu blockieren".

Veelh´hit:" das ist gut, ich kenne da jemanden,
der uns vielleicht helfen würde.

Wichtig wäre nur, das uns die Zhoo´thaner mit
ihrem Raumschiff zu ihm bringen".

Sabhi´th:" ich denke das würden die tun,
aber ich komme mit euch".

Veelh´hit benutzte die Kommunikations-
Anlage und benachrichtigte Mhatt, den
Zwergplaneten-Chef.

Er erzählte ihm die ganze Geschichte.

Mhatt war erschüttert was er da hörte,
und sofort bot er seine Hilfe an.

Sie vereinbarten ein Treffen und Veelh´hit
sendete ihm die Koordinaten.

Das Zhoo´th Raumschiff startete, und sie
flogen an eine Stelle, kurz vor der Grenze
zum Quadranten Eins.

Dort warteten sie auf Mhatt, der mit seiner
Armada von Zwergplaneten, bereits
unterwegs war.

Dann kamen sie an, und fielen auf Unter-
Lichtgeschwindigkeit.

Sie steuerten mit Planeten-Geschwindigkeit
auf das Raumschiff zu.

Veelh´hit:" danke das ihr gekommen seid,
Mhatt".

Mhatt:" da gibt es nichts zu danken.

Wir haben alles zusammengekratzt, was wir
konnten, und einen Verband von mehr als 550
Klein-Planeten-Schlachtschiffen aufstellen
können".

Veelh´hit:" das ist sehr beeindruckend,
aber unsere Chancen stehen dennoch nicht
besonders gut".

Mhatt:" erst recht, mit schlechten Chancen,
laufen wir auf Hochtouren.

Sehr lange haben wir nach dem Schurken
gesucht der für das Desaster in unseren
Quadranten verantwortlich ist.

Der verantwortlich ist für Aber-Milliarden Tote.

Und wir sind mehr als motiviert ihn endlich
aufzuhalten.

Außerdem ist unser Teevorrat zu Ende,
das motiviert auch".

Veelh´hit:" wenn wir das schaffen sollten,
seid ihr lebenslang mit Tee versorgt.

Wir müssen versuchen durch die Grenze zu
kommen und nach Pheth´haan zu gelangen.

Wie ich dir erzählt habe ist die Produktions-
Anlage auf einem ihrer zwei Monde, es ist der
größere von beiden.

Wir würden jetzt gerne zu euch kommen,
denn das Raumschiff der Zhoo´thaner fliegt
bald wieder zurück".

Mhatt:" ja natürlich, ich gebe euch die Andock-
Koordinaten".

Sie dockten an und betraten den Planeten.

Mhatt:" herzlich willkommen auf Zhet´th".

Veelh´hit:" danke, Thal´lhar und Kreh´hniim
kennst du ja bereits.

Und das ist Sabhi´th, der Bruder von
Dhork´han, ich hab dir von ihm erzählt".

Mhatt:" ich würde gerne 1000 solcher Feinde
haben, wie der Pirat Sailh´lios, anstatt einen
Bruder wie der ihre".

Sabhi´th:" leider kann man sich seinen Bruder
nicht aussuchen".

Das Raumschiff der Zhoo´thaner flog wieder
zurück in ihre Heimat.

Mhatt:" ich habe überlegt, das einige von uns
einen Ablenkungsangriff starten, und wir,
zusammen mit dem Rest, durch die Grenze
schlüpfen und nach Pheth´haan fliegen".

Veelh´hit:" ja, da ist eine gute Idee,
aber momentan noch unnötig.

Dhork´han weiß noch nicht, dass wir eine
Armee aufgestellt haben und unterwegs sind,
um ihn aufzuhalten.

Daher werden wir die Grenze ganz normal als
Einwanderer passieren, die einen Stern
suchen.

Am besten fälscht ihr auf allen Planeten die
Sehlant´thum Signaturen und eure
Verzeichnisse.

Lasst sie denken, ihr hättet eine Menge von diesem Erz.

Dann sind wir nämlich herzlich willkommen, ohne an der Grenze, ein Schuss abgeben zu müssen.

Am besten verteilst du deine Flotte um den Quadranten herum.

Sie sollten, an verschiedenen Grenzpunkten, in Gruppen von maximal 20 Planeten, einfliegen.

Das erregt keine Aufmerksamkeit und alle würden sich dann vor dem Bhorh´hsan-System treffen, und von allen Seiten angreifen ".

Mhatt:" diese Vorgehensweise ist natürlich noch besserer, also los".

Sie machten sich auf den Weg, passierten die Grenze unbeschadet und flogen Richtung Pheth´haan.

Nach langem Flug, waren sie kurz vor dem Ziel.

Mhatt:" wir kommen bald im Bhorh´hsan-
System an.

Sie werden uns schnell entdecken und uns
sofort angreifen.

Es ist besser wir teilen uns nochmal auf,
in zwei verschiedene Gruppen, zu je
zehn Planeten.

Und versuchen auf unterschiedlichen Wegen
zum Mond zu gelangen, um die Anlage zu
vernichten.

Dann hätten wir eine größere Chance auf
Erfolg".

Sabhi´th:" stellt eine Verbindung zu
Dhork´hans Flotte her, kurz bevor wir das
System betreten.

Ich möchte zu ihnen sprechen und ihnen
sagen das ich noch lebe, und ihr Herrscher
ein Betrüger und Mörder ist.

Lange wird sie das nicht aufhalten, denn
Dhork´han wird ihnen mitteilen das es eine
Täuschung und Manipulation ist.

Aber wir gewinnen wertvolle Zeit dadurch,
und ihr könnt euch formieren".

Sie gingen an der Grenze zum Bhorh´hsan-
System unter Lichtgeschwindigkeit.

Sofort gaben Sie die Meldung zur
gegnerischen Flotte durch und sendeten auf
allen Frequenzen.

Sabhi´th:" hier spricht Sabhi´th, euer wahrer
Herrscher.

Dhork´han hat mich zum Sterben auf
Morth´thaan zurückgelassen.

Ein gütiges Volk hat mich aber gerettet.

Senkt die Waffen, folgt ihm nicht mehr.

Er hat schwere Verbrechen an dieser Galaxis
verübt, und er hat euch alle getäuscht".

Sub-Admiral Thenz´hing, von Dhork´hans
Flotte:" sind sie es wirklich Sabhi´th, wie ist
das nur mögl...".

Da brach der Funkkontakt ab.

Dhork´han war zu diesem Zeitpunkt auf
seinem Mond.

Er gab letzte Anweisungen, auf der Werft,
zur Fertigstellung seines Schlachtschiff-
Prototyps aus 100 Prozentigem Otthri´huum.

Das Sub-Admiral Thenz´hing Sabhi´th
erkennen würde, wusste er.

Sofort funkte er das Schiff von Thenz´hing an,
und befahl seinem ersten Offizier, den Sub-
Admiral gleich zu exekutieren, während
Sabhi´th seine Meldung sendete.

Dhork´han behauptete, er wäre mit dem Feind
verbündet und ein Verräter, er hätte alle
hierher gelockt.

Er bot dem Offizier Ruhm und Reichtum an.

Sub-Admiral Thenz´hing wurde auf seiner
Brücke erschossen.

Der Admiral war wie ein Vater für Sabhi´th.

Er hatte großen Anteil an seiner Erziehung
und Ausbildung.

Sabhi´th schrie:" Thenz´hing, Thenz´hing,
sagen sie etwas".

Da wandte sich Dhork´han über Sichtfunk an
sein Geschwader:" an alle, das ist eine billige
Irreführung vom Feind, lasst euch nicht
täuschen.

Greift sofort an und vernichtet alle.

Beschützt die Anlage auf dem Mond mit
eurem Leben".

Sabhi´th:" dieser grausame Teufel, er hat ihn
umbringen lassen.

Thenz´hing wäre der einzige gewesen, der mir
geglaubt hätte, er war zu mir mehr Vater,
als mein leiblicher".

Veelh´hit:" es tut mir sehr leid.

Aber deine Hilfe, und die Zeit, die wir dadurch
gewonnen haben, hat uns in die Position
gebracht, den Mond anzugreifen".

Sabhi´th:" Mhatt, lass uns dafür sorgen,
das Sub-Admiral Thenz´hing nicht umsonst
gestorben ist".

Mhatt:" an alle, ihr wisst was ihr zu tun habt,
Angriff".

Die Zwergplaneten beschossen den Mond
und wehrten sich gleichzeitig gegen die
schlagkräftigen Schiffe von Dhork´han.

Bald merkten sie, das um den Mond herum,
wo sich die gigantische Produktionsanlage
befand, schon vorher ein äußerst starker
Schutzschild aufgebaut wurde.

Dieser schien undurchdringlich zu sein.

Sabhi´th:" dieser Schutzschild hat die Kraft
des Hahzz´zhiins.

Es wird schwer sein ihn zu durchbrechen".

Die Schiffe von Dhork´han waren stärker
bewaffnet und manövrierten besser, als die
Planeten der Zeeh´ghons.

Die Schilde eines der Planeten brach
zusammen, und wurde komplett zerstört.

Mhatt:" dort waren sehr viele meiner Freunde,
wir kommen gegen sie nicht an.

Unsere Verluste sind zu hoch.

Der Schild um den Mond ist zu stark".

Auf einmal gab es eine gewaltige Explosion,
in den Reihen von Dhork´han´s Flotte.

Acht seiner Schiffe wurden in Stücke zerfetzt.

Da meldete sich ein alter Bekannter von
Mhatt.

Pirat Sailh´lios, fing ein Teil des
Funkgespräches ab, indem Veelh´hit sich mit
Mhatt unterhielt.

Dann folgte er Mhatt´s Planeten, als sich
dieser mit Veelh´hit treffen wollte.

Er war neugierig was er vor hatte,
und beobachtete erst einmal von weitem die
Lage.

In einer brenzligen Situation griff er ein, und
feuerte ein Planetenkiller-Geschoss auf die
Gegner ab.

Den Rückstoß seiner Geschütze konnte er
inzwischen verbessern.

Pirat Sailh´lios:" Mhatt du Gauner, warum hast
du nicht gesagt das du hinter den Schätzen
dieser Welt her bist.

Ich möchte auch meinen Anteil".

Mhatt:" Sailh´lios, ich war noch nie so froh
dich zu sehen, danke",

Sailh´lios:" dank mir erst, wenn alles vorbei ist,
was kann ich tun ?".

Mhatt:" kannst du die Schilde um den Mond,
mit deinen Waffen ausschalten.

Wir müssen die Produktions-Anlage auf dem
Mond unbedingt zerstören, damit geht auch
Dhork´han mit seiner Armee unter ".

Sailh´lios:" ich bin dran".

Sailh´lios schoß, mit seinen Verbündeten,
ihr ganzes Arsenal an Geschossen ab,
bis zum letzten, auf den Schild, und sie hatten
Erfolg.

Der Schutzschild um den Mond wurde
schwächer und schwächer.

Als dieser dann endlich drohte zusammenzubrechen, flog Dhork´han mit seinem Flaggschiff durch den Schild in den Orbit, und zerstörte dabei die Geschütze von Sailh´lios Welt.

Dann pulverisierte er zwei seiner Begleit-Planeten.

Dhork´han:" Sabhi´th, ich werde dich und deine Komplizen nun endgültig ausschalten und vernichten.

Danach werde ich zu der Welt hinter dem Nebel fliegen, und es erobern.

Mein Schiff besteht aus purem Othri´huum, und ist in der Lage durch den Nebel zu fliegen.

Gegen meine Schilde und meine Waffen kommt keiner von euch an.

Einen nach dem anderen werde ich euch alle zu Staub zerfallen lassen".

Dann drehte er bei und machte sich wieder Schussbereit.

Mhatt:" Freunde, gegen diese Feuerkraft haben wir nichts mehr entgegenzusetzen.

Es war mir eine Ehre mit euch gekämpft zu haben".

Dhork´han visierte den Klein-Planeten an, auf dem sich Sabhi´th befand.

In diesem Augenblick öffnete sich ein riesiges Hangartor, auf der Oberfläche von Sailh´lios´s Planeten.

Sailh´lios hatte, einem Piraten würdig, natürlich noch ein Ass im Ärmel.

Eine Plattform mit einem Raumschiff stieg langsam nach oben.

Als Dhork´han das sah, drehte er um, nahm den Planeten von Sailh´lios ins Visier und schoss.

Doch es war zu spät.

Sailh´lios konnte gerade noch mit seinem hochtechnischen Raum-Kreuzer abheben, bevor sein Planet vernichtet wurde.

Dann nahm er Kurs zur Anlage auf dem
Mond.

Er schoss zweimal mit seinen Geschützen
auf das geschwächte Schild.

Dieser kollabierte daraufhin.

Währenddessen schrie Sailh´lios über Funk:"
Dhork´han, du Schlächter, deine Zeit ist
abgelaufen".

Mit Höchstgeschwindigkeit und den Worten
"Der Ehre Willen" raste er, mit seinem Schiff,
flächendeckend Geschosse abfeuernd, in die
Mitte der Anlage hinein und zerstörte sie
komplett.

Dhork´han schrie:" neeeein".

Im nächsten Moment begann die
Kaskadenreaktion des Elementes
Hahzz´zhiin.

Ein Raumschiff nach dem anderen,
von Dhork´hans Streitkräften, detonierte.

Auch alle die sich in den Quadranten Zwei,
Drei und Vier befanden.

Als letztes kam Dhork´hans Schiff dran.

Zhul´phaan richtete sich in seinem Quartier,
auf Dhork´hans Schiff, mit dem dunklen Stab,
selbst.

Doch bevor dieser explodierte funkte Sabhi´th
ihn noch an:" übrigens Dhork´han,
das Element hat den Namen Hahzz´zhiin".

Dann wurde Dhork´han schreiend, mit seinem
Raum-Schiff zusammen, in Stücke gerissen.

Die Ära "Dhork´han" war zu Ende.

Mhatt:" Sailh´lios hat fast sein ganzes Volk
verloren, und sich selbst geopfert um die
Galaxie zu retten.

Ich weiß nicht wie wir ihn ehren sollen.

Jede Ehre für ihn und die seiner wäre zu
wenig".

Sabhi´th:" das Volk von Bhorh´hsan kann
euch nicht genug danken, und wird ewig in
eurer Schuld stehen.

Wir werden Sailh´lios und allen, die heute ihr
Leben ließen, einen ganzen Planeten als
Gedenkstätte widmen, und mehr, und für ihre
Seelen beten.

Sie werden niemals vergessen werden,
in der ganzen Galaxis nicht, dafür werde ich
sorgen".

Dann bot Sabhi´th, Mhatt und seinem Volk,
und auch allen anderen Planeten von
Sailh´lios Volk an, im Quadranten Eins zu
bleiben und eine neue Heimat aufzubauen.

Freie Sternen-Systeme gab es hier genug.

Mhatt, und die anderen, willigten dankend ein.

Sabhi´th entsandte später seine ganze
Raumschiff-Flotte in alle Nachbar-
Quadranten.

Er ließ die Botschaft verkünden, das jeder,
der sich in Not befand, herzlich willkommen
waren im Quadranten Eins.

Die Bewohner der Welten, die nicht in der
Lage waren sich selbst zu helfen, um vor
ihrem sterbenden Stern zu flüchten,
konnten von seinen Schiffen evakuiert
werden.

Alle Piraten-Welten wurden entwaffnet.

Diejenigen die übelste Gräueltaten verübt
hatten wurden inhaftiert.

Den anderen legte man Nahe, sich
verschonte Sterne zu suchen, und sich dort
niederzulassen.

Mhatt half ihm mit seinen Planeten.

Viele Milliarden Seelen wurden noch gerettet.

Sie wurden auf neue Heimatwelten
umgesiedelt.

Sabhi´th sendete an alle Welten die
Nachricht:" Quadrant Eins, noch irgendein
anderer Quadrant, gehört weder einem
Einzelnen noch einem einzigen Volk.

Unsere Galaxie ist die Heimat aller Völker".